六花書林

後藤祐子

歌集

ほおずき三つ

ほおずき三つ　＊　目次

装幀　真田幸治

ほおずき三つ

餡の時間

ポマードのにおう男に恋してたアメリカの正義信じいしころ

爆ぜるなよ胸の奥処に根付きたるとびきり苦い青とおがらし

猫のいる灯台ありてそこへゆく暑き坂みち自転車おして

亡き人と砂山ながめてありしときわずかに甘き餡の時間《とき》あり

おもいっきり腹の底から声をだす「ここに幸あり」だあれもいない

ワタナベのジュースの素で乾杯すクリスマスイブわたしの昭和

交換手通して電話をかけしころ愛の語らいも礼儀のありき

散らばった生ごみに混ざるストッキング　うんざりするほど嫌なことあったけど

＊

萩ちりぬ　わたしがしたと言い出せず兄にかぶせし罪ひとつあり

石なげてこうもり落とせし兄とわれ鬼灯色の利根川の土手

ふるさとのさびれし町を回り来て仏壇の前にしばらく座る

通夜あけてきーんとはりたる青空に風花とべり　ああ兄さんだ

からすのおじさん

しずかなる瞳のからす肩にのせ校庭に来たりしからすのおじさん

風の中からすのおじさん何処に住む松の林に消えてしまえり

しんしんと足裏つきさす床の冷え雑念追うなと太極拳する

湖の底に沈みゆく壜のようしずかに長く息をはきおろす

丹田に天から地から気を集め空気きりさき拳つきだす

拳つくポーズ決めればわれ野武士風ふく河原にひとり立つごと

「桜なら彦根城さ見に来いよ」言い来し友は二十三《にじゅうさん》歳のまま

絵はがきの堀の桜は今もなお記憶の水面ただよいており

チリ紙と聖書残して世を去りし田中庄造おもう昼中

「いらないよ」あっさり言われし『ぐりとぐら』おまえがあんなにせがんだ本よ

奥ふかく脚立のらねばもう出せぬ三人官女　お休みなさい

成人を待たず逝きたる教え子の濃き鉛筆の賀状いでくる

大鋸屑かおる

なにひとつ残さず家はほぐされつ夏日をあびて更地すこやか

まはだかの土にぐっさり杭をさし縄張りゆける家の形に

まろやかに大鋸屑かおる製材所隠れて鬼を待ちし日とおく

誰ひとり知る人おらぬと知りつつもバスよりのぞく材木問屋

子どもらの名前はずしてちっぽけな表札にする　鳥たちよ来よ

空っぽの心かすかにゆするようラムネのビンのビー玉の音

あきらめて切ってしまおう青馬のたてがみのごと揺れる枝々

眼鏡をかける

遠すぎず近すぎもせずあいまいな距離はむずかし　眼鏡をかける

月の夜に「めがねはいかが」と売りにきた絵本読みおり午後の図書館

「ずるいのはうさぎのほうね」絵本閉じ鮫を見に行く約束したり

旧友のようなふりして公園のベンチにいたり　われとカラスと

みつめてもポテトチップスあげないよねだる時ほどかわいい目玉

殺意などあっけなく生まれポップコーンいつまでつつくぽっぽっぽっ鳩ぽっぽ

秘め事を打ちあけたくなるながながと小便つづく象を前にし

イルカのあくび

裸木のメタセコイヤの木の群れが突如あらわれ別所沼公園

片流れの屋根の角度はほぼ十度イルカのあくび同じくらいか

存分に光入りきてとろりとす建坪五坪風信子荘《ヒヤシンスハウス》

ほのかなる緑の色の窓の桟あさい眠りの沼が見えたり

背もたれに十字くりぬく一脚の椅子は重たし老人のごと

ほおずき

庭先に植えしほおずき昏々と　五十歳《ごじゅう》すぎたる弟ひとり

姉ぶって嫌がる弟おぶいたる駄菓子屋までの距離をおもえり

「だるまさんがころんだ」ふっとふり向けばみな野仏に　いつまでも鬼

「ねえさん、なぜかざくろが枯れました」電話嫌いが便りよこしき

莫蓙の上ざくろの花影うすく落ち遊びたりにきかあさんごっこ

窓遠くほたる祭りのざわめきを病苦終わりしおとうとと聴く

息遣い伝わりきたるメール文二度と聞けないその声おもう

酸素チューブついに外してひょうひょうと我が知らぬ橋おとうとゆけり

空がひろがる
連打する太鼓はげしく唸りだす太い手首が悍馬のごとし
おおらかに男浴衣をさおに干す佃路地裏夏陽のさかり

吠え交わす雄獅子雌獅子が去りてのち橋のむこうに空がひろがる

引綱に群がる引手のかけ声に日本武尊が一気に走る

6Hの尖らす芯もて逆光のニコライ堂の輪郭描く

＊

生ぬるき一杯の水ぐいと飲む　月がきており厨の窓に

夜半目覚め水飲みおればおとうとの酸素マスクがふとも浮かびつ

ぬばたまの闇にとびかう声と声姿見えねば生き生きとする

おおかみとやぎの友情疑わぬ子どもに返る月夜の晩は

伸び上がり尺取り虫が蓄えて進む一歩の力強きよ

手を出してやめし習い事あれやこれ里芋つるりシンクに落とす

大ぶりの百合の花束ゆらしつつ夫が運び来三日月の夜

ひとまずはバケツに活けし大き百合一夜玄関まつりのごとし

散る間際さらに濃き香を放つゆり冬陽の部屋の襖をしめる

雪上にみかんひとつが落ちておりわずかに灯る希望のごとく

おみくじ

ひょろひょろと娘のブーツわが靴によりて傾く玄関先に

売春、麻薬以外はするがいいボディピアス　かわいいものさ

症状を聴くより先に「ぼくの本どこで買ったの？」医師は問いたり

「ぼくの本売れてるんだよ」すぐさまに五時間待ちしわれをかなしむ

パソコンの画像せわしく動かして「血液検査」とこちらを見ずに

あの医者のくすりは飲めず処方箋おみくじのごとく小さくたたむ

七日目の仔

しらまゆみ春立つ土手に程遠し土筆のごとく塔の見ゆるも

だんだんと近づく緑の丸屋根はまさしく栗山配水塔なり

江戸川の水をたっぷり貯えて塔はたちおり母のごとくに

地に落ちて木洩れ日受けつつ饐えてゆく赤褐色の無花果ひとつ

笑いつつ疣ひとつずつ無花果の汁塗りくれし母をおもえり

無花果の木の下暗くジョンの乳むさぼり吸いき七日目の仔ら

指笛を短く吹けば跳んできて抱けというなり鼻すりよせて

追い掛けし追い回されし五年間ジョンと一緒に視野ひろがりぬ

木椅子

青年に段ボール箱持たせおき伝票に押すシャチハタ「後藤」

受け取りし段ボール箱重きかな美しい文字で「香実《かぐのみ》」とあり

「元気出せさっぱりするから」と友言いて河内晩柑雨の日届く

つぎのバス来るまでおよそ半時間風に吹かれて待つこと選ぶ

ふるさとの空家につばめきているか産科の窓をわれ見上げつつ

音たててポイント6の文字ゆらしファックス来たる伊那の里より

山荘へ来られたしとぞ来し方や行く末語らむ元気なうちに

登り来ればそこだけすっきり夏草の刈られ一軒の山荘が建つ

それぞれの木椅子に座り終わりたる夏物語はてるともなく

ががんぼの羽音よすがら網戸打つ遠きむかしのシュプレヒコール

揚げ物

踏切を越えて歩めば十条の昔ながらの商店街よ

揚げ物の臭い漂う街なかの路地に息子のアパートがあり

この部屋のひとつ触れれば崩れそう息子と我の重ねた積木

子には子の我には我の傘のあり部屋を出ずればあたたかき雨

魚鱗

厳かにのぼってきたる元日の満月を見つ二〇一〇年

宴会の父のみやげの折り詰の箸つけぬまま小鯛いっぴき

冬の陽は魚鱗となりて天井の暗き一隅ちろちろ泳ぐ

梅の花ほんのりひらくあたりにてきつねうどんの汁すすりおり

綿入れのみどりの袋に休ませる明日はよき音だせよ鳩笛

胸いっぱい湿った空気を鳩笛は溜めて歌えり冬の林に

たまご抱く親鳥のようにやわらかく友が焼きたる土笛ふけり

アジア人

より近きわれらなるゆえ差別するウェイターも我もアジア人

浮浪者に小銭与えて追いはらうワイキキの浜の海の監視人

小鳥

教会へのぼる坂みち光りおり五日つづきの雨はあがりて

古びたる礼拝堂の堅き椅子信仰なきわれも慎み座る

新緑のあふるる庭へおりきたる二羽の小鳥を美しとおもう

ひまわりの花仏壇にそなえたりやんちゃ坊主が結婚しました

刃をたてて力こめればわが身体大玉すいかにすっとめりこむ

目薬を入れて閉じたる束の間は鳥巣のなかのぬくもりにおり

住む人のおらぬ生家は猫じゃらし銀色の花穂ゆらしていたり

木道のとおくとおくに白き影浄土平のわたすげの花

ふりむけば音なく滝のくだるなり父と登りし赤城の山に

青年の頭あずかるわが肩をすこしあげたり　つぎに降ります

伝える

つばを上げ隠す眼を見せたまえわれも取ります黒き帽子を

六月の陽ざしに沼のあたたまる互いに帽子を脱ぎて語らん

はつ夏の日傘はやっぱり白がいい透かしくる陽の稲穂の匂い

＊

呆然とテレビの前に十日間べったり座り映像見入る

欽ちゃんの仮装大会出たという釜石の教え子　ひたすら祈る

「ふるさと」をしみじみわれら歌いたり福島の友と低き声もて

伝えねば風に揉まれて消えてゆくガイドの歌う「長崎の鐘」

きつねのおや

「この人」ときりだす娘いつになく遠慮がちなり　桜湯入れる

フランスの女性のように我なれぬ一緒に住むなら籍を入れてね

朝食のバタートーストのごと軽く「そんじゃまたね」と娘《こ》は出てゆけり

朝焼けのなんとうつくし　おそまきにきつねの親になれた心地す

コンタクト止めてメガネに変えたれば自意識かるく老いは楽しき

ひび割れしモルタルの壁日に灼かれ蟻がおおきな蟻ひきてゆく

生と死の境に激しくジュッと鳴き電柱わきに蟬が落ち来る

引っ越してしまったんだな雨の日もバスタオル干す赤子いし窓

入れ替わり激しき部屋にめずらしく親子らしき影ぼやっとうつる

窓丈に少し足りないカーテンの間にみえるベビー靴下

歩をゆるめ赤子いる窓通り過ぐアンデルセンの月おもいつつ

夏の路地

土蔵に入りくる光強くして崩れ落ちたる壁をえぐれり

悩みなどふっとびますよと豪快に店主すすめる蔵出しの酒

お手軽なわずかな元手の商いの足つぼ押しの女居並ぶ

土踏まずぎゅむぎゅむ押さるる夏の路地からだの壺に国境あらず

草臥れた五臓六腑が息づけりふくらはぎまで揉みあげられて

暑き地のサンダルばきの娘たち多分ならない外反母趾に

一年の命と知りて朗らかに振舞う義姉《あね》とめぐりし寺院

菜を洗う

いにしえの仏のお顔にまみえたし人工池の水が澄みたる

虫くいの桜紅葉拾いたり今年の記憶手帳にはさむ

菜を洗う水のしぶきに触れしとき死者たちそっと肩ならべたり

母のこと語ることなく終わりたり寿司屋の二階十三回忌

もうすぐ写真の母の歳になる飛行機雲がとけてゆきたり

＊

夕暮れて鳥啼く声のひそみたり家に帰らな帰りて待たな

おや風が出てきたのかな竪琴の弦のごとくに枝がふるえる

これという望みなけれど早春の古木にかけるみどりの巣箱

おさなごの足裏そっとたたくよう採りたての葱の泥おとしおり

ああさみし折れそうになる日暮れ時がむしゃらに刻む青葱刻む

梅園

紫蘇の実の塩漬け瓶にしんとあり親しき人の死を知る真昼

君の死の予感ありしがこれほどに心ざわつく我におどろく

うすももにけむる梅園わが名呼ぶ太き声のみ拾っていたり

バス降りし我をいきなり「よっゆうこ」恋人のごと出迎えくれき

山焼の観光客にあふれたる街なか急ぐ偲ぶ会へと

若き日のお礼たくさん伝えたく写真の君をしばしみつめる

寄りきたる小鹿の背中なでやればなんと暖か　遠く法螺の音《ね》

身のめぐり親しいひとがまたひとり　若草山に花火があがる

ああなんと玄米の飯甘きかな偲ぶ会より帰りきたりて

下駄

たくさんの下着リュックに放り込み母の生家に急ぎたる夏

「よう似とる、鍋やのおきみさんの子か」すれ違いざまに訊かれしものを

くるぶしを川の流れにくすぐられあっちのメダカこっちのメダカ

きょうのそら下駄ならすごと澄みわたる決めかねおりしひとつが晴れて

父母ありき兄弟ありき参道に下駄の鈴の音《ね》響いていたり

かがやきてあの世の雨は降りおるか菜種色の母の爪掛

あさのかぜすずめの声とまじりあい部屋に入りくる薄荷のようだ

口伝のコロッケ

訛りある自己紹介にほのぼのと転入生はとびきり美人

「友だちになってくれへん」くれへんの訛りにくらくら学校帰り

「おみゃあさま」ういろう菓子の甘さかな訛りききつつ電車に眠る

飛び込んだ瞬時にぴしゃりドア閉まる脱兎の勢いまだわれにあり

本を閉じ静かな車内見回しぬ浅田次郎についと泣かされ

江戸川を盛夏のひかりあつめつつ黒い達磨船一隻くだる

持ち寄りし料理の味のみな薄し　初老女子会深夜におよぶ

ゆく夏の雲わく空のまぶしけれ義母《はは》の口伝のコロッケ揚げる

ファゴットの音

鼻よごし路上のゴミをあさりたる聖なる牛は野犬のごとし

土運ぶ赤いサリーの女たち埃の道に乳飲み子おきて

乞う者と拒むわれとの溝深くともに悲しきベナレスの駅

遠き山照らしはじめる太陽はファゴットの音そっと連れてくる

利根川

利根川の陸橋わたればよみがえる父の背見つつリヤカー押しき

ふるさとの風はかすかにかの秋の老犬ジョンの乾いたにおい

駅前に噴水池のありしころ撚糸工場の勢いありき

首ふりて島倉千代子歌いたる男もいろいろ胸にちくりと

あるときに一気に老いは首にくる真っ赤なさざんかひらく冬の日

チョココロネ

しあわせを信じていいと立ち止まる焼き立てパンのならぶ店先

冬の雲うつすパン屋のとびら押すどれもこれもがふわっふわっふわり

あの人の大好物のカレーパンついでに買っとこ　冬雲きれい

そう長くよきこと続くはずもなしチョココロネの尾にチョコみあたらず

中村屋の桜あんぱんと言われれば急においしく感じたりもす

ガリレオの伝記読みたる十歳の夏の縁側祖母のおりたり

ねころびて獅子座流星群を息子《こ》と観たり　太古よりああ命つながってる

馬のたてがみ

放牧の月毛の馬のたてがみに手を入れたればしっとり濡れて

はいいはいっ、追分節のひとふしを月毛の馬に歌ってやりぬ

乳を飲む仔馬を雨はぬらしゆく馬体の芯をひそかにぬらす

温めた踵に馬油ひと塗りすカッポカッポ歩かん明日は峠を

くさはらのあかるさあふるる景の中夢に走れば髪のけぶりぬ

亜麻色の巻き毛の髪にあこがれてあこがれのまま老年に入る

紋付の祖父の愛した羽織裏ひんやり鯉が泳いでいたり

沢　蟹

つまれたる古書に埋もれて店主おりいつものようにマーラーききて

古書匂う書房の若き二代目は老山羊のごとく座っておりぬ

ざわざわと百の沢蟹兵のごとぬれたる石をのぼりてゆくも

抱卵の沢蟹いずこ水底に八月のひかり鋭く入りて

沢蟹の群れいる沢の寂としてとおく車の走るおとする

消しきれぬさみしさのあり取りあえず洗面台のみがきにかかる

今年こそ流氷を見に行きましょう言い続けている十回目の夏

秩父巡礼

ゆるみなき秋空のした豹のごと熟練大工ははしごをのぼる

棟梁のくわえし釘が時として鳩羽色にきらめいており

差し向かいとっくり三本空けたれば打ち明けごとのひとつやふたつ

夫おくり気丈に暮らせし友の恋乾杯しよう　時雨きている

おそ秋の空きっ腹に沁みこむ大吟醸みずみずしきよ眼の前の友

家中の釘じわり錆びつくような夜　秩父巡礼誘ってみたり

身体弱き母は楽しみにありたりや毎日削りきわれのえんぴつ

給食会

連名の差出人の封書くるなかのひとりが息子の子ども

ゆう子さん給食会に来てください　三年二組　後藤凪より

九歳のやわらかき手に引かれつつ給食会の会場に入る

お婆ちゃんと子等が寄りくる教室の後ろの椅子の秋の日だまり

これがぼくこれがわたしと指し示す観察日記にアサガオひらく

給食の献立表に秋ならぶ目鯛の黄身酢焼、菊花おひたし

やや甘き菊花おひたしいただきぬ母の好みし秋のひとしな

鋏

こしかけのつもりに住みしこの土地になじみて地元の神様おがむ

軽石で「おつかれさん」と足裏の魚の目こする　老いてきたなあ

裁ち鋏一気にすべらし布を切る森をかけゆく少年のごと

錆色の糸切り鋏に祖母潜みていねいに仕事せよともの言う

まつり縫い終わりてちょんと糸切ればひこうき雲が窓にながるる

手になじみわが癖を知る花ばさみ梅の小枝の切り口きよし

おさなき日羅紗切り鋏のこわかりき小指のひとつ落とされそうで

つばめの子

もうすぐだ　中学時代の友が待つ金沢駅の改札口は

待ち合わす人ごみの中に飛び出てる十二歳《じゅうに》の時と変わらぬ顔が

丈ひくき一筋の噴水夏風に揺られて落ちる　気持ちいいわね

加賀藩は茶屋町割りを命じたり文政三年三月二十五日

浅野川茶屋町開業いたせしは文政三年八月二十四日

つばめの子五、六羽いるらし裏道の茶屋の軒下暗きに鳴けり

傘かしげ

オットセイ見たくて来たり霙ふる動物園はほのぼのぬくし

オットセイ探せどおらずまあいいか立派なひげ持つアザラシ居れば

傘かしげ流線型にほれぼれすアザラシ泳ぎわたしはぬれて
雨降りの動物園で猿見るはひとりがおおし長くたたずむ

六気のゆれ

パン屑がしろい食器にこぼれ落つ今日は映画でも観にでかけよう

松戸市の映画館みな閉鎖されとなりの市まで電車にのりて

ポスターのふたりの老女うでを組むなんと楽しげ　よしこれにする

このひとがジャンヌ・モローと疑えど老いを武器にし輝きまして

上映の九十分の暗がりは六気のゆれを素直にさせる

映画館出でれば雨の小降りなりフランスパンを買わんとおもう

昼の豆腐屋

ゆずの木をゆたゆた回り出てゆきぬ羽化したばかりの翅あおい蝶

「ちょうちょうは線対称だ」まっ先に気づいたきみは鉄棒が得意

「ぼくらの」のぼくらに惹かれ手にとりぬ『ぼくらの民主主義なんだぜ』を

実をつけたお礼にたっぷり肥料まくあっぱれだなあ梅の木見あぐ

うす暗い昼の豆腐屋しずまりて大きな布巾干されておりぬ

のぞきこみ店主呼べどもわが声のひびくばかりの昼の豆腐屋

松虫のなくをききつつ夕ごはん絹ごし豆腐におかかをかけて

革靴

安倍首相「ロナルド・レーガン」に乗艦す磨きこまれた革靴はきて

米と露とかばんを交換するようにスパイとスパイ交換したり

行儀よくゴミ箱わきに捨てられし黒き革靴　銀杏黄葉す

靴のひも片膝つきたる店員に結ばれたれば逃げたくなりぬ

この小道まがってみよう新品の靴にうきたち知らない道に

素足にてダンス踊りし運動会あたる砂利石たのしみながら

爆睡をむかし風に言うならば白河夜船か情緒ありしよ

寝るまえのほんの少しの養命酒　かたじけなしやここまで生きて

＊

月あかりうすくてらせる寒き夜みょうばん水に慈姑晒しぬ

それぞれがたっぷり話し去りたればば汚れたフォークのにぶき光沢

正月は疲れるのよねと手をみつめ言いたる義母《はは》をいまにわかりぬ

冬晴れの児童公園午後三時ノラ猫一匹からすが一羽

草臥れたネクタイ締める青年が神を信ぜよとわれに言いたり

おたがいをいたわりあいて娘《こ》と遊ぶ　川辺のさくら蕾つけたり

がんじょうな柵に囲まれキュイと鳴くうり坊いっぴき温泉宿に

駅にあるスタンプ押せばドラえもんちょっとかわいい思い出ひとつ

聞き取れぬ

ファックスにタイより歌稿おくるたび小池和子さんの手間ふやしけり

とおくにてしばしば消えしきみの声　野外ライブの絶叫つづく

聞き取れぬ言葉の海にひんやりと瓜のごとくに身体浸しき

ベランダできいていたっけチェンマイの夜のざわめき急な雨音

上映の前に国歌のながれ来てわれわれ幽霊のごと起立せり

床下の鶏の羽音に目覚めたり竹の香りのアカ族の家

青い蝶とろり眠たいころあいに時おり来たり手紙のように

透明なビニール袋につめられて大豆もやしの息のつぶつぶ

えごの花

橋わたり二キロも歩めば母の実家《いえ》産みたて卵のあたたかかりき

蜜蜂はなにをたよりに寄り来るか頑丈な男に五匹が止まる

みつばちを十匹集めた重さなる一円玉を手のひらにのす

ゆで卵殻のつるんと剝がれたり他愛無きことこきょうのよろこび

えごの花川辺に咲かせ思川ながれのゆるく蛇行なしおり

「思川桜」もて染めし布のももいろを顔にあてれば歳わすれたり

漢詩一篇

漢文の亀井先生「桃源記」遠き眼をして話してくれき

先生は駝鳥のごとく首かしげひとりひとりに聞く体調どうだ

長いこと入国審査の列に待つ表紙に菊の旅券を持ちて

街中が桂の香りにみつる時また来てくださいと桂林の人

公園に、歩道に樹下にくつろいで老人つどう夏の桂林

詠じつつ水もて路上に翁書く漢詩一篇徐々に乾けり

猥雑な街をうろつけばうちつけに餃子食べたき欲望のわく

暗緑の水辺のあたり蟇《ひき》のなく　きみのふるさとわれのふるさと

てすり

次に来る電車に乗りて駅名の面白そうな地に降りてみん

いつよりか駅の階段降りるとき軽くてすりを握りていたり

若者が好む雑貨屋めぐるうち夏空のごときさみしさ出で来

餌をまき子雀来るを楽しむはまだまだ早い十年早い

『歌日和』家族見守る歌多し大森益雄氏この世に居らず

五、六回はげしくビルを旋回し声なく去りぬ鶫の群れは

たのしきは旅の鞄に一冊のミステリーえらぶわずかな迷い

ぜんまい

山すその妙にしずかな秋の道こんな遠くに兄、義姉《あね》ねむる

ミントティー薬くさいと飲みしかな二人すずしくあの世におらん

いわしぐも湧きては消えて流れゆく万物すべてに晩年のあり

「おっ！犬が安い」太文字赤き看板を後部座席よりふりかえり見つ

大型の冷蔵庫まず買うだろな山里にふと暮らしてみたし

ろうそくの消える頃には煮える鍋こよいは二度ないゆったり待て待て

ぜんまいがしだいに解けシンバルを叩く猿の手とまるかなしさ

まんじゅうの湯気の漂う細き道テレックテンテンテン猿回しらし

竹馬を乗りこなしたれば猿回し頭をなでてぎゅっとだきしめる

ジョンに餌やりつつ母は言いたりき口きけぬものにやさしくあれと

晩秋の月の光の射しこめり大根抜きし穴の底まで

いないないばあ

みずひきの赤いはな咲く昼のみち明樹《あき》と名づけし子に会いに行く

くちびるを時おりむにゅっと動かして生後三日目明樹ねむりおり

「だいてみる」ぐらぐらとせる首に手を当てて受けたり三千グラム

産み終えてはじめて我が子だきしとき夏日に青く榛名山見ゆ

五か月のおどろく瞳なんどでも見たくてしおり　いないないばあ

列柱廊

どちらかが支柱となりて踏んばる日いずれくるらん　紅梅のさく

列をなす太い柱の回廊にセロファンのごと薄日さしくる

ゆくりなくひかりを纏いかげ纏い列柱廊あゆむ　すぎてゆく春

いかめしい石柱めぐらす中庭の花壇に寄りぬ生身のわれは

堂内の柱に触れれば温かし　日なたに眠るやせた黒猫

ほの紅く坂うえに立つ一木が梅とわかるまでのこころおどりよ

角にある螺子工場の梅咲くを行きに帰りにまちわび通る

爪楊枝　夜のながしに落ちておりぼんやりしてた一日《いちにち》おわる

アスパラガス

アスパラの薄き緑のゆで汁が夕暮れの川にたどり着く　いつ
粒あらい赤穂の塩をふりかける朝の器のアスパラガスに

浴室のかびを拭き取り買いに出ん緑みなぎるアスパラガスを

野菜うる宮澤賢治のリヤカーにアスパラガスも積みてありたり

酉年の友ら集まりわれ先に年金ぐらしのやり繰り話す

おしえられた道をきたはず三叉路に迷って開く観光地図を

くちぐちに「蔵の街には雨がいい」幹事のわれを気遣いくれし

街路樹の橡に小雨の降りやまぬ籠屋の引き戸わずかに開きて

＊

面倒と幾度もおもった少年がくれしハンカチ今も忘れず

手のひらをひらひらさせて少年は「蛍の光」と共にさりたり

「受け取らぬ」退職願い出ししとき世辞とわかれどありがたかりき

退職金ぱあと使って遊ぼうとおもい巡らすうちが花だったな

ふんわりと綿花のようなあいづちだ「そうなん」と少女頭《つむり》をふりて

質問に簡潔に答えるむずかしさ　ひまわり空へ明快にさく

軍配昼顔

寝返りをうちて眠らんとする耳に昼間ふみたる砂浜の音

ほのおだつ熱砂にゆらめく影追えばたちまち消えて海鳴りばかり

ひとところ軍配昼顔あかく咲く寡黙なりしよ沖縄の浜

閉じられたビーチパラソル並び立つ衛兵のごとく夕闇の浜に

天に向き地に向き吠えるシーサーの真下の部屋は仏間とききし

おどりたい

映りたる長方形の影はなに手荷物検査警戒きびし

六十年キューバに住みし瀬戸さんへ手土産にする抹茶羊羹

海に浮く風切羽のかたちなりハバナの空港そろそろ近い

テレビにて圧力釜の効用をカストロ自ら説明したり

尾をなでて腹に頬よせイグアナを愛でる少女のまあるい瞳

聖堂の入り口付近に迷いしかサンホセの蝶ピンに打たれて

＊

出発のバスを待たせて警官が「チーノ《中国人》はやく」と乗せてくれたり

絶え間ないマラカスの音、喧騒のとどく十階　ここはハバナだ

整然とさびた足輪を展示する世界遺産のコーヒー園は

遠き地に連れて来られてここに死す　はてなくあおいコーヒー畑

「お相手を」褐色の手を差し出され「チャチャチャは無理よ」でもおどりたい

ひと通り市内廻れば運転手カストロの墓へ車を向ける

無意識に南無阿弥陀仏と唱えたり　カストロねむるサンティアゴ・デ・クーバ

山の辺の道

連れ立ちて歩みゆけるもこの世だけ山柿熟れる山の辺の道

なだらかな山道たのしむ齢なり石ころ愛でて山柿めでて

あの杜が景行天皇陵かと大声で指差しきけり稲刈る人に

白い蛾が苦しみもがくベンチした巻向駅はしんしんと秋

境内に放し飼いされた鶏のぶあつい鶏冠《とさか》威厳を放つ

かぼちゃ

トビウオの背に乗るごとく走りたり高速湾岸線大きく迂回

トンネルを抜ければかつて潜りたる海ひかりおり　おーいわたしよ

小袋にかぼちゃを詰めるようにしてダイビングスーツようやく着たり

海中《わたなか》は初冬といえどあたたかし父に抱かれた記憶にもどる

冬の陽をかきまぜながらボラの群れ頭上に泳ぐ　まだ稚いな

水中のアイコンタクト恋に似るそろそろ陸に上がるとしよう

潜るより潮騒ききに来たのかも酸素ボンベをしずかにおろす

とおき世の笙の音《ね》はこぶ潮騒をあかず聞きおり寝ころびながら

山椒の実

たえまなく冬の陽うけてツルバミの散りゆくさまに声あげるかな

「ちゃんちゃんこ販売してます」呉服屋はシャッター街のちいさなのぞみ

品物のやり取りやめて歳晩に声のお歳暮とて電話をしおり

とりたてて電話に話す用あらず小枝割るような声のききたく

散らかった夫の書斎の高窓に冬の三日月ぽつんと浮かぶ

病床の母の枕辺に置かれたる『星の王子さま』形見となりし

着ぶくれて銀河の下に佇めば筋のおちたる腓《こむら》が冷える

いつ寝るも起きるも気ままな吾のくらし午前三時の星空いいぞ

くりかえし賀状の一行読みかえす「うたに苦楽あります」そうよね

はちみつを舐めいるようなひとときよ春の服飾雑誌立ち読みすれば

アルバイト5と印字されたレシートをいくども見たり　冬はながいな

レシートにアルバイト5と記された青年きょうもレジ打ちしてる

くるしみは過ぎてしまえば山椒の実ひとつぶほどの苦さでありし

跋

餞の言葉

小池　光

わたしはしばらく前から新宿と横浜の朝日カルチャーで短歌講座をもっている。特に新宿は、いつからはじめたか自分でもわからないほど昔からだ。

調べてもらったら二〇〇一年からだそうである。今年で開講十八年になる。高校の教師をしながら、昼は学校で物理を教え、夜はカルチャーで短歌の話をしていたのである。

後藤祐子さんは、その新宿教室に開講の最初から来ていた。こういう人はほかに数人いるだけである。後に「短歌人」にも入会して月々の歌稿を送ってくる。カルチャーも結社誌の歌も、まず休むところがない。ひじょうに熱心である。

最初のころの後藤さんの歌は、なかなかたどたどしいものであった。いい年になってはじめて短歌などを作ることになったのだから、これは当然であろう。しかし、キャリアを経るにつけ、たどたどしさが薄れ、ちゃんと読める歌を作るようになった。カルチャーとてばかにするものでない。伸びる人は伸びる。後藤さんはその一人である。

その後藤さんが短歌と遭遇してはや二十年近く、このたびここにこれまでの歌を纏めて歌集を編むに至ったのである。わたしは喜びに堪えない。いくつかの歌をここに改めて紹介し、歌集出版の餞とする義務がある。

ポマードのにおう男に恋してたアメリカの正義信じいしころ

歌集の巻頭歌である。歌集の巻頭歌というのは、まずたいていがおもしろくない。しかし、この歌はおもしろい。西部劇全盛のころのアメリカは「正義」を体現する国であった。若い男のポマード頭がきらきら輝いて、強い芳香を放っていた。それがベトナム戦争のころあたりから怪しくなった。後藤さんの世代の正直な実感で、それはまたわたしの実感でもある。

成人を待たず逝きたる教え子の濃き鉛筆の賀状いでくる

後藤さんはじぶんのことをあまり語る人ではないが、学校の先生をしていたもののようである。おそらく小学校の先生だろう。いろいろな教え子がいる。なかには歌のように、夭折してしまった教え子もいる。その今は世になき生徒からの年賀状が出てきた。「濃き鉛筆」の賀状である。このディテールが歌を歌たらしめており、後藤さんの作歌力の向上をよく伝えている。現実のディテールが歌のいのちだ。

背もたれに十字くりぬく一脚の椅子は重たし老人のごと

浦和に別所沼公園というところがある。大きな池がある。この池のほとりに詩人立原道造が設計した「風信子荘」と名付けられた小さな書斎が建っている。そこを訪ねたときの歌だ。椅子が置いてあり、この椅子もたぶん立原道造のデザインでないかと思うが、背もたれに十字がくりぬいてあって、それが眼を引いた。これもディテールの発見である。椅子は持ち上げようとしたら、重かった。老人のように、重かった。よくできている歌で、集中の秀作と思う。

姉ぶって嫌がる弟おぶいたる駄菓子屋までの距離をおもえり

窓遠くほたる祭りのさざめきを病苦終わりしおとうとと聴く

「あとがき」に記してあるように、この間、後藤さんは兄、弟、義姉と喪った。とくに年下のきょうだいに先立たれる悲しみはいかばかりのことであったろうか。この二首はその弟の最後の場面をむしろ淡々と歌っていて、身に沁みるものがある。子供のころいやがる弟をおぶって駄菓子屋までいったことが、昨日のことのように思い出される。死はまた、一切の病苦が終焉を迎えることでもある。弟はもう苦しまなくてもいいのである。遠くほたる祭りのざわめきが、聖歌のように、病室の窓から聞こえてくるのであった。

売春、麻薬以外はするがいいボディピアス　かわいいものさ

後藤さんには男の子二人と女の子の三人いるらしい。それぞれ年頃になってきて親は心配する。でも後藤さんは強くて、達観して、この歌のようにあっけらかんとしているのがいい。この歌はわが子が「ボディピアス」なるものをしたときの反応か、あるいは一般的な世相に対する感想なのか、どちらともとれるが、いずれにせよなかなか言えない言葉である。「かわいいものさ」が生きている。感心した。

フランスの女性のように我なれぬ一緒に住むなら籍は入れてね

でもその同じ娘が恋人を連れてくると、こういう反応になるのがおもしろいところだ。「籍は入れてね」の口調がなんともいえず微笑ましい。結婚式などしなくてもいいけど一緒に住むなら籍だけは入れてね。あくまで柔和な母からのお願いなのだ。世の親ならみな頷くところであろう。

乞う者と拒むわれとの溝深くともに悲しきベナレスの駅

一方で旅の歌がたくさんある。世界の各地に出掛けてゆく。そこで歌の材料を拾ってくるのだが、たとえばこれなどはどうか。インド旅行の歌だ。物乞いが来てしきりに迫る。わたしは拒む。どちらも悲しい、という歌。下句の韻律がよく立ち上がってくる。

無意識に南無阿弥陀仏と唱えたり　カストロねむるサンティアゴ・デ・クーバ

こちらはキューバ旅行の歌。こういう豊かな時代になってもなかなかキューバまで行く人は少なかろう。カストロの墓に案内されて思わずナムアイダブッと唱え手を合わせる。実におもしろい。日本人にとって一種の条件反射なのだろう。

ファックスにタイより歌稿おくるたび小池和子さんの手間ふやしけり

後藤さんは一年ばかりタイに滞在したことがある。ご主人が仕事でタイに行くので一緒に行ったものらしい。そのときカルチャー教室に提出する歌を律義にもタイからファックスでわが家に送ってくるのであった。その歌へのわたしの批評を、カルチャー教室の友人が後藤さんにその都度伝えていたものらしい。

亡き妻の名前が不意に出てきて、胸が熱くなる。

角にある螺子工場の梅咲くを行きに帰りにまちわび通る
連れ立ちて歩みゆけるもこの世だけ山柿熟れる山の辺の道

ゆで卵殻のつるんと剝がれたり他愛無きことさょうのよろこび

いわしぐも湧きては消えて流れゆく万物すべてに晩年のあり

ジョンに餌やりつつ母は言いたりき口きけぬものにやさしくあれと

こんな歌にもいろいろ思いは湧いて、述べたいことは少なくないけれど、あんまり長丁場の跋になってもいけない。後藤祐子さん、歌集出版おめでとう。よく此処まで歩いて来られた。まだしばらくの時間がある。これを一期の区切りとし、さらに励まれよ。

歌を作ることは楽しいことである。

あとがき

本歌集は、二〇〇七年春から二〇一八年春まで十年間の「短歌人」掲載作品とＮＨＫ短歌大会に応募した作品の中から三百七十三首をほぼ編年体に収めたものです。

歌集を編む作業をしてみると、改めて生と死と旅についての歌が多かったと気づきました。次男、長女の結婚や孫の誕生、新しい家族が増える喜びがありましたが、私が育った家族を失う悲しみもありました。父母を失った後、二〇〇六年兄が逝き、その二年後に弟が、二〇一四年には義姉が逝ってしまいました。三年間ぽつぽつ通った実家の跡片付けが終わり、故郷前橋も遠くなってしまいました。また年下の友人、親しい人との別れもあり、否応なく若くはない年齢や死を思うことが多くなりました。その中でも間質性肺炎を患い、入退院を繰り返した弟の死は応えました。独り身の不安や焦燥を受け止められなかった自分の未熟さに胸が痛みます。

いくつもの別れのあった十余年でした。

短歌の韻律にひかれ軽い気持ちで作りはじめましたが、三十一文字が並んだだけの作品しか出来ず、短歌は不向きと諦めかけた時、『岩波現代短歌辞典』発刊時のパネルディスカッションで小池光氏を知りました。「私は歌を作るとき、ぱらぱらと広辞苑を開きそこから目についた言葉を拾い作ってみるのです」。この発言に驚きました。一体これはどういうことか、言葉から言葉を連想するということだろうかと疑問と興味が膨らみ、この人に学んでみたいと思いました。あの日の高揚感を今でも懐かしく思い出します。しばらくして講座が開かれると知り、すぐ申し込みました。

教室で短歌は「読めない」と「詠めない」ことを知りました。短歌とは小さい舟だから沢山盛り込むと沈んでしまう。三十一文字をはみ出さず一音の過不足もなく作るのだと、短歌の基礎・基本を優しい言葉で厳しく教わりました。歌を作る喜びと苦しみの日々の始まりでした。読書の中に多くの歌集が加わり生活が豊かになりました。

庭先に植えしほおずき昏々と　五十歳《ごじゅう》すぎたる弟ひとり

実家には母が好きで植えていたほおずきがありました。子供のころ兄弟とほおずきの種を取りよく一緒に鳴らしたものでした。ひとりになり、静かに住んでいた弟を訪ねて帰ると、ほおずきはいつもの場所にいつものように生っていました。歌の中には「三つ」の言葉はありませんが一緒に遊んだ元気だった頃の私たち三人を思い『ほおずき三つ』を歌集名としました。

本歌集の出版にあたり、小池光氏には選歌から身に余る跋文まで、大変お世話になりました。心からお礼を申しあげます。また、佐伯裕子氏には常に暖かい励ましを頂き深く感謝しております。歌を続けることができるのも多くの歌友の支えがあるからです。みなさまにお礼を申し上げます。

渋る私を、歌の稚拙はどうあれ一区切りだからと勧めてくれた家人にもお礼を言いたい。

六花書林の宇田川寛之氏、鶴田伊津氏には歌集つくりに丁寧に付き合って頂きありがとうございました。内容を考え装幀をしてくださった真田幸治氏に感謝申し上げます。

二〇一八年十月

後藤祐子

略歴

1945年９月　群馬県前橋市生まれ
2007年１月　「短歌人」入会、現在会員

住所　〒271-0064　千葉県松戸市上本郷4276－3

ほおずき三つ

2018年12月19日 初版発行

著　者――後 藤 祐 子

発行者――宇田川寛之

発行所――六花書林
〒170-0005
東京都豊島区南大塚３－24－10－１A
電 話 03-5949-6307
FAX 03-6912-7595

発売――開発社
〒103-0023
東京都中央区日本橋本町１－４－９　ミヤギ日本橋ビル８階
電 話 03-5205-0211
FAX 03-5205-2516

印刷――相良整版印刷

製本――仲佐製本

定価はカバーに表示してあります
ISBN978-4-907891-73-2 C0092